LAS GRANDES MASCOTAS

Lane Smith

LOS ESPECIALES DE

A la orilla del viento

FONDO DE CULTURA ECONÓMICA
MÉXICO

Primera edición en inglés: 1991
Primera edición en español: 1993
    Primera reimpresión: 1995

Coordinador de la colección: Daniel Goldin
Traducción de Ernestina Loyo

Título original: *The Big Pets*
© 1991, Lane Smith
Publicado por Viking Penguin, filial de Penguin Books USA, Nueva York
ISBN 0-670-83378-9

D.R. © 1993, Fondo de Cultura Económica, S.A. de C.V.
D.R. © 1995, Fondo de Cultura Económica
Carr. Picacho Ajusco 227; México, 14200, D.F.
ISBN 968-16-4113-2

Impreso en Colombia. Panamericana, Formas e Impresos, S.A.
Calle 65, núm. 94-72, Santafé de Bogotá, Colombia
Tiraje 5 000 ejemplares

para Sarah, Amy y Kyle
L.S.

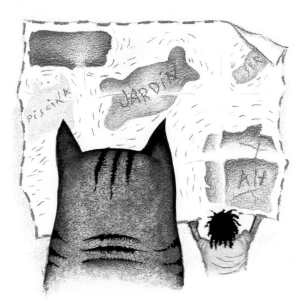

La niña era pequeña y el gato era enorme: un gatote.

Ciertas noches
la niña montaba
en el lomo del gato
y viajaban al lugar
donde estaba
la Piscina Láctea.

Mientras él bebía,
ella nadaba.
Cuando salía,
ella olía
a leche fresca.

Lo mismo hacían los otros niños de la noche
que ahí se reunían.

El gatote lamía el exceso de leche, luego ambos
paseaban por ahí y la cálida brisa nocturna secaba su pelo.

A veces veían
al niñito que
viajaba
en el lomo
del perrote.
Y se saludaban
cuando él pasaba
camino del Jardín
de los Huesos.

Él jugaba ahí mientras su perro mordisqueaba.

Ambos desenterraban huesos viejos junto
con otros niños que llegaban con sus perros.

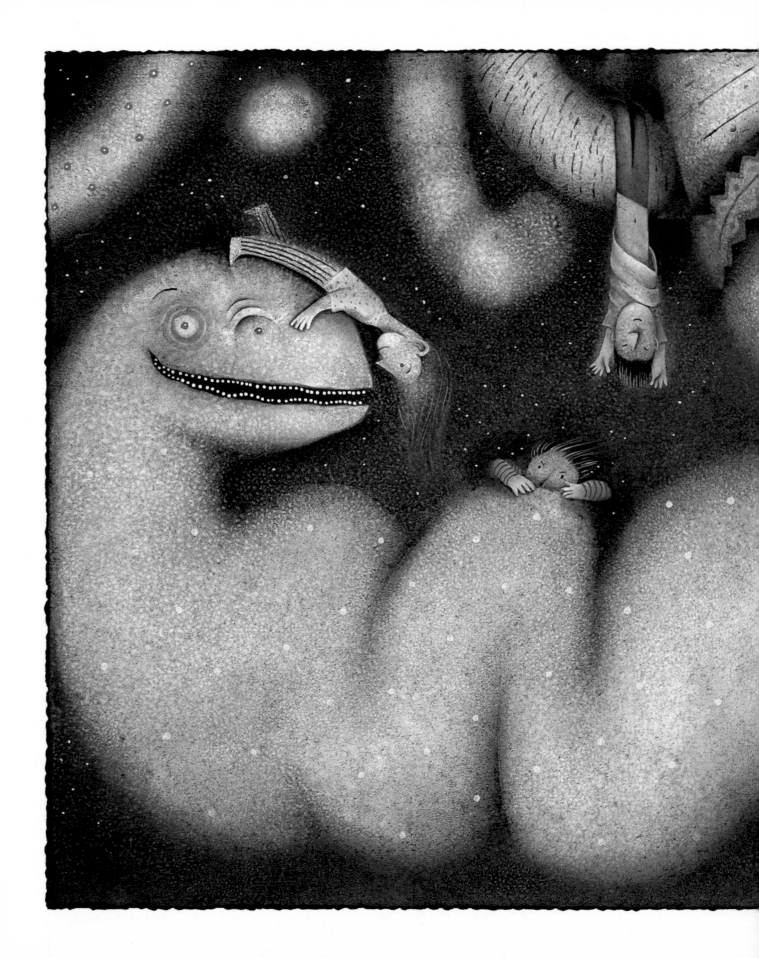

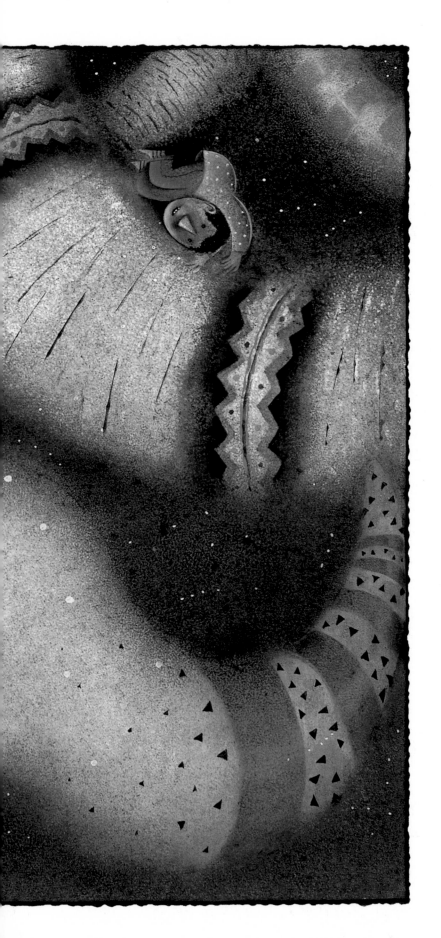

A un kilómetro de ahí
en las Llanuras de
Pasto,
doce niños,
a veces más,
retozaban y
hacían piruetas
con sus serpientes.

Un poco más allá
jugaban otros niños
en los Agujeros
de los Hámsters.

Y frente al Río de los Grillos,
se sentaba un niño con su mascota.

El gato y la niña a menudo se preguntaban cuál era
la gracia de estar así sentados. Especialmente cuando
es tan fácil pedir una piscina láctea...

o un bosque
que rasguñar...

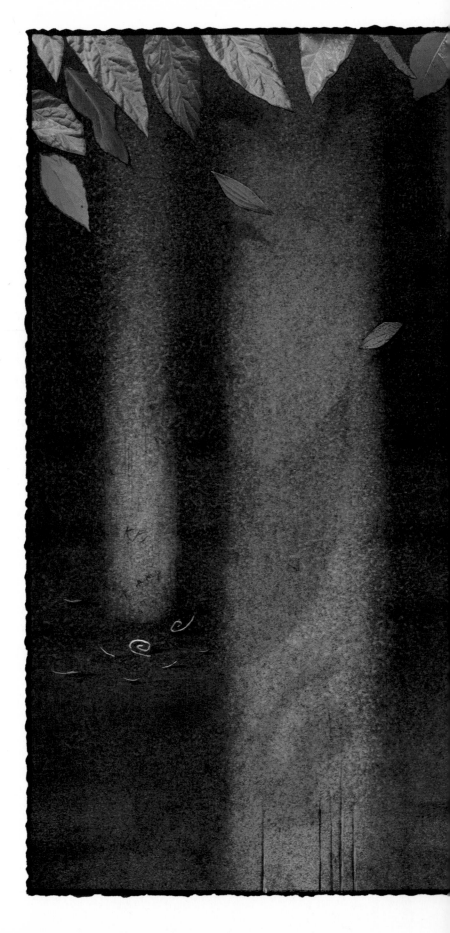

o un lugar donde
juguetearan
las enredaderas.

Y si uno era en verdad
afortunado, tal vez
hasta...

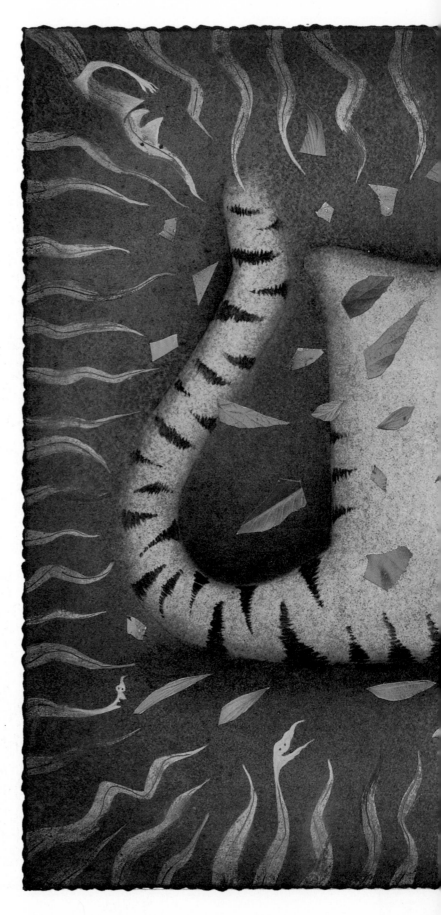

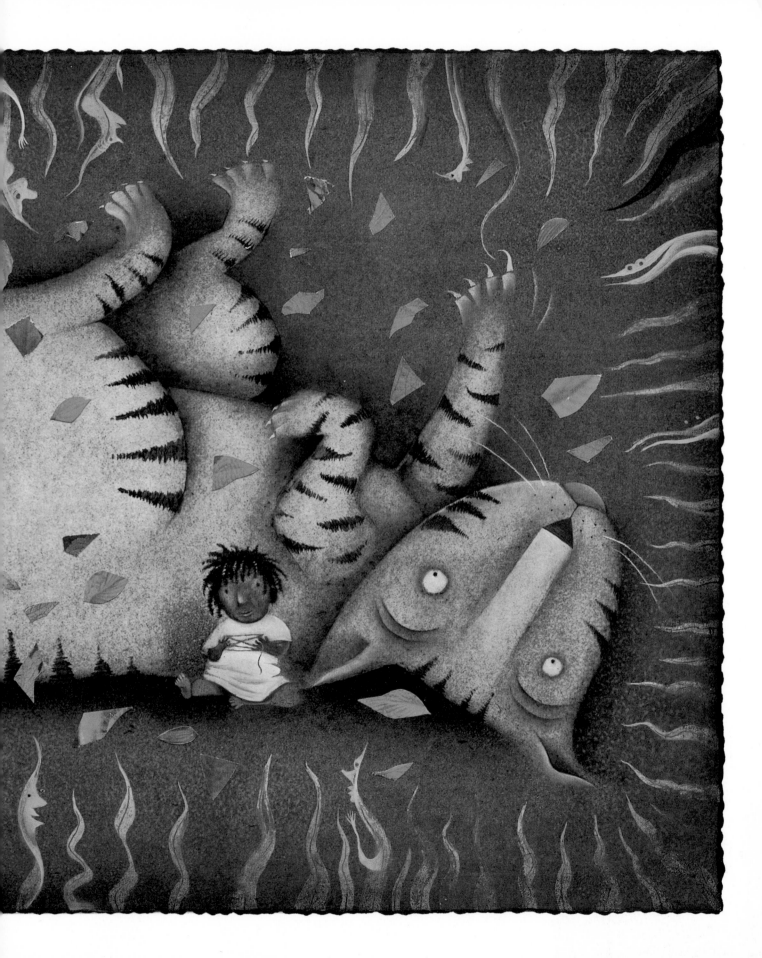

...TODA UNA VÍA LÁCTEA.

La niña era pequeña

y el gato era enorme

Y sus noches siempre terminaban en la canasta
del gato que era lo bastante grande para ambos.